행복해, 내 이야기를 너와 함께 들을 수 있어서

알았던 사람의
몰랐던 이야기

김성진 지음

어문학사

이 책에 저의 마음을 담아 소중한 _____ 님께 드립니다.

들어가는 글

기차가 떠난 자리, 연남동 철길.

자주색 목련이 피어나던 어느 봄, 그 철길이 보이는 한 까페에서 이름과 나이가 똑같은 두 남녀가 매일 글을 쓰기 시작했습니다.

두 사람은 매일 다른 하나의 주제를 정해 그 주제에 대해 함께 글쓰기를 하였습니다. 어떤 날은 양말에 대해서 두 사람이 쓰고, 어떤 날은 지갑에 대해서 적었습니다. 부모님, 정치, 안경, 돈, 강아지 등 다양한 주제에 대해 함께 썼고 쓴 글을 그 자리에서 서로에게 읽어주었지요. 우리의 목소리를 옆자리 손님들이 들을 수 있다는 걸 알았지만, 개의치 않고 읽었습니다. 그만큼 그 일이 저희에게 중요했습니다.

책을 내고 싶다는 오랜 꿈을 가진 여자 성진의 글을 남자 성진이 날마다 칭찬해 주었습니다. 평범한 직장인으로 살아와 글을 쓰는 일이 낯선 듯, 종이 위에 귀찮다는 듯 때론 즐겁다는 듯 써내린 남자 성진의 글은 재미가 넘쳐 여자 성진의 웃음보를 터뜨리곤 했습니다.

때로는 웃으면서, 때로는 마음 아파하면서, 서로의 이야기를 들었고, 나의 이야기를 너와 함께 들었습니다. 그것은 탐험과도 같았습니다. 나에 대한 탐험이자, 상대방에 대한 탐험이었습니다.

그 뒤로 두 사람에겐 새로운 '습관'이 하나 더 생겼습니다.

여자 성진이 일하고 생활하면서 떠올린 짧은 글을 그때그때 블로그에 적어놓으면 남자 성진이 그 글을 하나씩 가져다가 그림을 붙이고 예쁘게 꾸며 인터넷 공간에 연재를 해주었습니다. 그 이름이 〈반달 생각〉이었습니다.

이 책에는 두 사람이 마주보고 쓰고 읽어준 '남녀의 글쓰기'와 그들의 작은 정성이 만나 온라인 연재 중인 포토에세이 〈반달 생각〉, 이렇게 두 가지의 글이 담겨 있습니다.

잘 안다고 생각했지만, 잘 알지 못했던 그 사람의 이야기. 여러분과 나누고 싶습니다.

2016년 4월, 다시 목련이 피어난 봄에
독자님들의 탐험과 치유를 바라며
여자 김성진과 남자 김성진

차례

첫 번째 정거장

일 상

ep 1. 소통 그녀가 그의 손에 생각을 담아주다

때론, 듣고 싶지 않은

말도 들어야 합니다.

"그 사람과 이야기 하기 싫어"
라는 감정을 느낀다면

어쩌면 그 사람과 정말
이야기를 해야 하기 때문일 수도 있습니다

왜냐하면 이야기할
필요가 없다면 싫다는 감정조차도
처음부터 없었을 테니까요.

ep 2. 속도

그녀가 그의 손에 생각을 담아주다

더 빨리 달리고

싶은 때도 있고

지금은 도저히
달리지 못할 것 같은 때도 있다.

행복해,
내 이야기를 너와 함께 들을 수 있어서

양말에 대하여

양말

여자 성진

요즘 양말을 신으려고 찾다 보면 빨건지 안 빨건지 헷갈릴 때도 있고, 강아지 박하의 장난감이 되어버려 침이 묻은 경우도 있다. 티셔츠를 빨기 전에 두어 번 더 입기도 하듯이, 양말도 하루정도 더 신을 때도 있다. 요즘 신발을 신는 시간이 길어져서인지 발에서 냄새가 좀 난다.

산타클로스가 실제로 있는 게 아니란 걸 알았지만, 알고나서도 걸어 놓은 적이 있다. 엄마이든, 언니들이든, 그 누구든(?) 선물을 넣어 줄거란 생각에⋯⋯.

다음 날 양말엔 편지가 들어 있었다. 당시 나는 셋째 언니와 한 방을 썼었다. 편지엔 언니 특유의 완벽에 가까운 글씨체가 보였다. 착한 어린 이들이 이 세상을 밝게 한다는 산타 할아버지표 편지였다. 선물은 따로

안 들어 있었고, 산타가 없다는 것이 재차 확인된 사건이었지만, 언니의
관심에 외롭지 않았다.

양말을 꿰매 신는 일.
엄마가 양말을 꿰매는 걸 본 적이 있다. 나는 누군가 볼 수 있는 게 양
말인데 거기에 꿰맨 자국을 남기는 일은 하지 않는다.

오늘은 비가 온다. 비오는 날 양말이 젖으면 학교에 도착한 애들이 양
말을 벗어 말리는 걸 종종 보았었다. 축축하면 말리고, 더우면 벗고, 배
고프면 간식을 먹는, 매우 단순한 일상이 작동하는 친구들을 보면, 무언
가 내 삶은 움직이지 않는다는 생각도 들었다.

양말을 선물하면 속옷 선물만큼이나 값어치가 떨어지거나 촌스러운
선물이란 느낌을 받게 된다. 반드시 필요한 게 양말이지만 생일 선물로
양말을 받으면 "일년에 하루"라는 특별한 느낌이 없어서 그런 것 같다.
날이 차차 더워지고 있어서 그런지, 두꺼운 양말은 싫고, 또 발목을
꽉 조이는 양말은 더욱 싫다. 그래서 발목이 어느 정도 늘어난 상태의 양
말이 더 좋을 때도 있다.

양말

남자 성진

초등학생 때였던 것 같다. 당시 나는 순수하고 천사 같은 어린아이였고 크리스마스 때 성당 주임, 보좌 신부님, 수녀님, 사무실 직원들에게까지 카드를 써서 드리던 아이였다.

잠실 성당의 까리타스 수녀원이었는데, 수녀님들은 올블랙의 수녀복을 입었고 심지어 두건까지 있었다. 적벽돌의 성당은 새마을 시장 중간에 있었고 가난한 사람들의 성당이었기에 수녀님들이 좀 드세셨다. 어린아이의 눈에는 무서웠다. 우선 패션부터…….

당시에는 가난한 시절이어서 설날에 사제관, 수녀원에 어린아이들이 세배를 갔었다. 세뱃돈을 주셔서 너무 좋았다. 이때 난 구멍 난 양말을 신고 갔었다. 발바닥 앞 부분에 난 구멍을 발가락에 힘을 주어 티 안

나게 잘 잡고 예쁘게 세배를 하고 세뱃돈을 받아 오락실에 들려 집에 잘 갔다.

그 다음주였나? 내가 제일 무서워하던 올블랙 수녀복에 두건을 쓴 원장 수녀님이 우리 엄마, 아버지에게 돈을 주셨단다. 나에게 양말을 사주라고. 우리 부모님은 멀쩡한 양말이 있는데 애가 귀찮아서 구멍 난 양말을 신고 간 거라고 하셨단다. 아무튼 돈은 받아서 엄마, 아빠 주머니로…

새 양말은 없었다.

이후 몇 년 후 원장 수녀님이 복사단으로 활동하던 나를 오락실로 잡으러 오신 날까지는 수녀님의 올블랙 패션은 너무나도 멋져 보였었다. 간지 블랙!

ep 3. 사랑 그녀가 그의 손에 생각을 담아주다

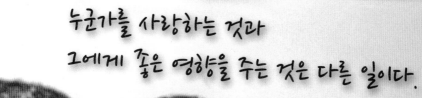

누군가를 사랑하는 것과
그에게 좋은 영향을 주는 것은 다른 일이다.

사랑한다고 해서
반드시 좋은 영향을
줄 수 있는 것은
아닌 것 같다.

그래서

사랑에도

노력과 배움과 경험이

필요하다.

ep 4. 작은 차이

두려움

설렘

가장 먼저 봄을 맞이하는 갯버들처럼

두려움과 설렘은 한끝 차이이다.

행복해,
내 이야기를 너와 함께 들을 수 있어서

강아지에 대하여

강아지

여자 성진

망설이게 되는 주제다. 어린 시절의 개와 함께한 추억은 마음 아팠고, 지금은 스피츠 한 마리 때문에 할 말이 너무 많아서 그렇다.

어렸을 때 우리 가족이 키우던 강아지 율리를 잃어버린 기억이 있다. 셋째 언니가 학교에 갈 때 율리가 대문이 열린 틈을 타 빠져나갔다는 게 율리가 없어진 경위였다.

율리는 뚱뚱하고 덩치가 큰 치와와였다. 일종의 믹스견. 율리에게서는 개 특유의 구수하고 꾸리꾸리한 냄새가 났다. 사람을 매우 좋아하고 활기찼다. 그리고 고양이 묘옥이가 있었다. 한자로 고양이 '묘' 자라며 큰언니가 지은 이름이었다. 언젠가는 필름 한 통을 현상했더니 사진기 속에서 필름이 잘못 돌아갔는지 묘옥이와 율리의 앞모습과 옆모습이

현대 미술가의 그림처럼 사진 한 장에 다 나오기도 했다.

그 애완 동물들의 '엄마'는 주로 우리 엄마, 오빠, 그리고 나였다. 내 기억이 맞다면 모든 개와 고양이는 내가 데리고 왔다. 데려오기 전에 엄마에게 물으면 허락을 안 하셨을 것이다. 하지만 막상 내가 데려오면 엄마는 결국 그 개나 고양이를 먹여주고 돌봐주실 것이라는 걸 예감으로, 경험으로 나는 알고 있었다.

베란다에 있던 신발장과 벽 사이에는 새끼 고양이가 왔다갔다 할 수 있을 만한 틈이 있었고 처음엔 오빠와 내가 그 틈에다 고양이를 숨겨서 돌봤다.

고통을 주는 점은 내가 키운 개들이 모두 집을 나갔다는 것이다. 잃어버렸다. 지금 생각하면 개장수가 훔쳐갔는지도 모르겠다. 뚱뚱한 율리도, 하얀 삽살개 태지도, 태지의 동생 재복이도.

우리 가족은 개에게 목줄을 해놓지 않았다. 그러기엔 다들 마음이 약했다.

강아지

개, 멍멍이.

애덕이, 복실이, 이쁜이, 아롱이, 깜순이, 순이, 박하. 나와 인연이 있는
강아지들의 이름이다.

어릴 적 나는 강아지들에게 그리 관대하지 못한 성격이었다. 막내로
서 나름 학대(?) 받고 자라서인지 나보다 서열(?)이 낮음에도 더 귀여움
을 받고 사랑을 뺏아가는 작은 존재는 꼬맹이 남자 성진에게는 애증의
관계였는지도……

요즘 나에게 다가온 귀염둥이 새하얀 강아지는 한 살밖에 안된 미남
왕자님 강아지 박하. 이 녀석은 작년 내 생일날 내가 활동하던 선거 캠

프를 통해 우연히 찾아왔다. 여자 성진과 나는 박하를 보고 첫눈에 반해버렸다. 눈부시게 하얀 털과 핑크색 귀. 처음 보는 우리를 마치 오래전부터 알았던 사람에게 대하듯이 뽀뽀해주고 반겨주었다.

스스로 주인을 택한 것이었을까? 치킨집을 하던 박하의 주인 할아버지가 키우기 힘든 환경에서도 애지중지 예뻐했는데, 우리를 잘 따르는 모습을 보고 선뜻 우리에게 주셨다. (박하 할아버지에게 사진이라도 한 장 보내드려야겠다.) 그로부터 거의 1년이 지난 지금까지도 건강하게 잘 자라주고 있다. 튼튼하게 잘 뛰어놀고 잘 먹고 잘 짖고. 가끔 토하긴 하지만 털 많은 녀석들이 어린 시절 흔하게 겪는 일이라고 한다.

박하를 통해 어릴 적 친절하게 대해주지 못했던 강아지들에게 사과하고 화해를 하는 중인지도 모른다.

인간 남자 성진을, 강아지 세계를 대표해서 박하가 용서한다. ^^

여자 성진과 남자 성진 그리고 박하, 잘 살아보세. 맛난 것 많이 먹고, 많이 놀고, 많이 자고~!

ep 5. 평정심
그녀가 그의 손에 생각을 담아주다

다운되는 게 두려워

엎드리려고 했다.

그런데
업되는 것도 다운되는 것처럼
안 좋다 한다.

이제는

평정심을 알아야 할

나이일까?

ep 6. 질문 그녀가 그의 손에 생가을 담아준다

애인 있냐는 질문은

불편하긴 하다.

그렇지만 나의 곁에 온기를 함께할
사람이 있는지에 대한 진심어린 궁금함이라면

그렇게 나쁘진 않다.

행복해,
내 이야기를 너와 함께 들을 수 있어서

지갑에 대하여

지갑

여자 성진

오늘 아침에도 동전 지갑을 찾았다. 동전을 모아놓은 면봉 통에는 이제 백원짜리 동전은 떨어지고 없었다. 우리나라 전통적 색감의 지갑에는 백원짜리가 댓 개 있었다.

동전 지갑을 외출 전에 뒤지는 이유는 천원짜리나 만원짜리 등의 지폐를 살리기 위해서이다. 내 지폐 지갑에도 동전을 넣는 데가 있지만 안감이 틀어져서 동전이 마구 돌아다닌다.

지갑에서 경제력 차이를 느낄 때가 가끔 있다. 나는 지갑을 십만원 넘게, 혹은 이십만원 이상의 돈을 써서 구입한 적이 거의 없다. 반면 여자끼리는 지갑을 사면 자랑하는 시간들이 종종 있는데, 얼핏 봐도 십오만원은 족히 돼 보이는 지갑을 만나게 되면, 나와 그들의 차이를 느끼곤 한다.

구입하는 경우 외에 셋째 언니로부터 받은 적도 있다. 새 건 아니지만 더 이상 필요가 없거나 깨끗한 편이어서 나한테 줬던 것 같다. 하나는 파란색 장지갑이었다. 명품 브랜드 지갑이어서 진짜라면 삼십만원은 될 듯했다. 남자 성진도 그 지갑을 보더니 멋있는 지갑이라고 했었다. 그런데 장지갑이며 폭도 넓은 그 파란 지갑은 나의 짧은 손가락으로 들고 다니기가 불편해서 잘 안 쓰게 된다.

빨간색 지갑을 쓰면 돈이 많이 들어온다는 미신 때문에 빨간 지갑을 쓴 적도 있지만, 나는 빨간색을 별로 안 좋아하는 편이다.

요즘 내 지갑엔 주민등록증, 만원짜리와 천원짜리, 그리고 현금인출카드, 그리고 가계부 쓸때 머리를 편하게 해주는 물건 구입 영수증 등이 들어있다.

지갑

난 지갑을 잘 사용하지 않는다. 굳이 써야 할 경우에는 뒷주머니에 넣고 다닐 수 있는 반지갑을 선호한다. 내 지갑에는 주로 명함이 들어있고 교통카드나 잘 쓰지 않는 체크카드 정도가 있다.

주머니에 오만원, 만원, 오천원을 한 장씩 넣어두고 나가서 쓸 수 있으면 족하다.

전에 열심히 신용카드를 쓰고 다닐 때는 지갑은 그저 마그네틱 손상을 막기 위한 용도였다.

중1때였나? 지갑이 너무 갖고 싶어서 다이어리 가죽 껍질을 뜯어서 가위로 오리고 테이프를 붙여서 설날 세뱃돈 수거용으로 가지고 간적이 있다. 만들 때는 신나고 자부심 쩔었지만 막상 친척들 앞에서 꺼내기에는 창피했다. 가난한 게 싫었으니까.

하지만 친척들은 내 '수제지갑'을 보고 신기해 했고 그날 받은 세뱃돈의 액수는 백만원을 넘겼다. 아마 그때 엄마에게 칠십만원을 바치고 남은 삼십만원을 어느 날은 천장, 어느 날은 신발 밑창, 어느 날은 팬티 속 등 열심히 숨겨가며 근 몇 달간 잘 썼던 것 같다.

커서 생각해보니 그 당시 사촌 누나들이 시집을 경쟁적으로 활발히 가던 시절이라 매형들이 두둑히 준 영향인데, 어린 내 마음에는 서툴게 만든 지갑이 가난한 우리집에 대한 그들의 동정심을 불러 일으켰다고 생각했었다.

친척이 너무 잘 살아도 짜증난다…….

누가 지갑을 선물해 준다고 하면 나의 대답은 항상 "노"다. 진짜 잘 안 쓰니까. 시계도 마찬가지다. 휴대폰이 나온 이후 난 시계와는 영영 이별을 해버렸다.

ⓒ여자성진

ep7. 일 그녀가 그의 손에 생각을 얹어주다

쓸데없는 일이란 걸 알면서도
계속 하게 되는 일들이 있다.

더 쓸데있는 일이 뭔지 뻔히 알면서도
때론 몇 시간을
쓸데없는 일을 하는 데 보낸다.

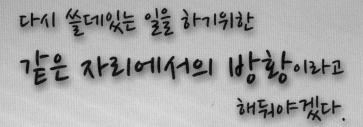

다시 쓸데있는 일을 하기위한
같은 자리에서의 방황이라고
해둬야겠다.

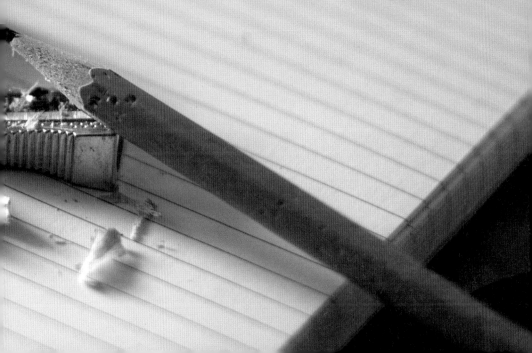

ep 8. 믿음 그녀가 그의 손에 생각을 닮아주다

누가 나를
믿어주길 바랄 시간에

내가 나를 한 번 더 믿기.

오늘도 믿기,
내 자신을

ⓒ여자성진

행복해,
내 이야기를 너와 함께 들을 수 있어서

연남동에 대하여

연남동

여자 성진

연남동은 '또 다른 홍대'이다. 홍대는 상가 등으로 포화 상태가 되어 그 상권이 길 건너 이곳 연남동으로까지 넘어왔음은 주지의 사실이다. 나에게 홍대라는 동네는 남자 성진과 함께 장사를 하다가 고생을 한 곳, 그 전에는 내가 대학을 다녔던 마을이다.

홍대에서 장사하기가 힘들다면 홍대 근처에서라도 다시 장사를 해볼까 싶어, 좋은 자리를 찾아 가까운 연남동, 신촌, 이대 등을 남자 성진과 누볐다. 결국 장사는 우리 체질이 아니라고 결론을 내렸다. 그때 발견해서 오게 된 곳이 지금의 연남동 작업실이다.

나는 내가 사는 곳을 정확히 공개하는 것을 꺼린다. 연남동에 살면서도 "성진 씨 어디 사세요?"라는 질문에 "홍대요."가 나의 대답이며, 때로는 "신촌 쪽이요."라며 상대의 뇌를 조금 따돌리기도 한다.

지금도 연남동의 어느 한 카페에서 글을 쓰고 있다. 막 들어온 한 커플은 남자가 '나까무라 상'처럼 위쪽 머리를 잡아 묶었고, 여자는 빨간 망토에 손잡이가 튀어나온 핸드백을 들고 있다.

저런 패션과 여기서 흘러나오는 재즈 음악은 연남동이 가진 색채 중 하나다. 연남동은 암울한 시대의 파리의 한 아지트 같은, 나의 보호처이다. 또한 내가 살고 있는 빛이 잘 드는 오피스텔은 최소 하루에 한 번, '그래, 이 집(작업실)은 좋은 집이야.'라고 생각하게 해준다. 내 삶은 그리 나쁘지 않다.

연남동은 내게 안전하고 낯익고 다녀본 곳이다. 또, 서울이지만 서울이 아닌 느낌을 주는 곳이다.

연남동

"니 츠판 러마"

중국사람들의 수다 소리가 심심치 않게 들린다. 연남동에는 중국인들이 많이 거주한다. 도로에도 간간이 요우커들이 탄 관광버스가 보이고, 곳곳에 그들의 편의를 위한 면세점과 식당들이 있다. 덕분에 진짜 정통 중화요리를 다양하게 즐길 수 있는 연남동이다.

난 중국어를 한 마디도 못한다. 어느새 내 주변에는 중국인들이 정말 많이 살고 있지만······.

요즘 페이스북 등을 보면 IT 첨단기술이 중국에서 상업화되고 놀라운 속도로 실용화, 상용화되고 있다. 외국기술을 베낀다는 손가락질도 많이 받지만 얼마 전에 언론을 통해본 중국의 1인 창업자들을 위한 지원시설은 이들의 큰 도약이 단순히 모방만으로 이루어진 게 아니라는 것을 알게 한다.

중국은 조선왕조시대에 그토록 신봉되었던 유교의 본고장이지만 우리나라 사람들은 중국인들을 낮게 생각하는 것 같기도 하다. 하지만 실체를 들여다보면 이들은 전 세계에 걸쳐 의미 있을 만큼의 거주 인구를 가진 세계인이다. 굳이 이들의 단점을 말하자면 언어가 복잡하고 어렵다는 것이 아닐까? 그래서 문맹이 의외로 많다는 점도.

난 개인적으로 중국인들에게 한글을 배우기를 권유하고 싶다. IT 기술을 좋아하면서도 문학과 요리를 즐기는 이들에게 어쩌면 한글이 좀 더 어울리는 언어가 아닐까 하는 생각이 들기 때문이다. 한 글자 한 글자 음미하는 것도 좋지만 생각을 자유롭게 표현할 수 있는 점이 21세기에는 더 필요한 게 아닐까?

문득 이런 생각이 든다. 지금은 조선족 분들이 우리나라 대림동, 구로동, 연남동에 와서 육체적인 일을 많이 하시지만 10년 후에는 어쩌면 전혀 다른 모습일지도…….

이제는 더 미루지 말고 중국어를 꼭 배워야 한다.
차이니즈 네이티브 스피커가 흔한 연남동에서는 즐거운 배움일 것이다.

ⓒ여자성진

ep 9. 진짜

그녀가 그의 손에 생각을 담아주다

남의 삶을 몰래 보는 것만큼
재미있는 것은 없다.

왜일까?
진짜 삶이기에 그럴 것이다.

연극배우들도
진짜처럼 보이려고 애를 쓰고

보여주는 이들도 보는 이들도
'진짜'를 추구한다.

극이란 허구인 걸 알면서도
우리가 추구하는 건
그 속에 있는 '진짜'이다.

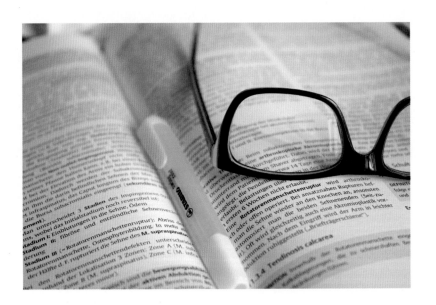

행복해,
내 이야기를 너와 함께 들을 수 있어서

안경에 대하여

안경

여자 성진

안경은 중1때 처음 썼던 것 같다. 안경이란 걸 처음 쓰는 시기의 학생이나 어린이들은, 보통 안경을 쓰고 싶은 마음이 강해서 일부러 TV를 가까이서 보고 눈을 나빠지게 만든다는 말이 있다. 그러나 막상 진짜로 안경을 쓰게 되면 상당히 불편한 게 안경이라고들 한다. 나도 크게 다르지 않은 것 같다.

지금 쓰는 안경은 남자 성진이 선거사무소에서 선거관련 일을 할 때, '선거의 컨트롤 타워'라고 치켜세워지곤 하던 때 내게 맞춰준 것이다.

선글라스도 탐냈던 때가 있다. 이십대 중반쯤. 그런데 나처럼 시력이 안 좋아 안경을 쓰는 사람은 선글라스 렌즈에 도수를 넣지 않는 이상 콘택트렌즈를 눈에 따로 껴야 한다. 렌즈는 눈, 안구를 피로하고 아프게 하기 때문에 나는 선글라스에 도수를 넣었다. 햇빛이 강하지 않은 실내에서도 벗을 수가 없는 진짜 안경이 되어버린 거다. 뮤지컬과 오티를 갔는데, 실내 식당에서 선글라스를 벗지 못하고 선글라스를 낀 채로 식사를 하던 기억이…….

그러고 보면 모자, 안경, 바지, 재킷 등과 같은 물건들은 내 몸의 골격이 보통 여자들보다는 크다는 것을 내 자신에게 끊임없이 알려 준다.

대학을 다니던 때, 큰언니가 쓰던 안경테를 받아서 썼던 적도 있다. 재밌는 경험이었다. 막내로서 언니들 물건을 물려받은 적이 종종 있었지만, 안경테를 물려 받는 것은 처음이었다. 비싼 테 였던 듯. 거기에 알만 내 눈에 맞는 걸로 깎아 넣었다. 그 테를 테이블 위에 올려 두고 보면, 그 안경테에서 큰언니의 얼굴이 떠올라 보이는 것도 같았다.

광대뼈마저 도드라진 내 얼굴에 맞는 안경테를 구하는 게 쉽지가 않아서 마음에 맞는 테를 발견하면 색깔만 다르게 해서 두 개를 동시에 맞춘 적도 있다. 안경이든, 양말이든, 어린 시절과 방황하던 시간을 기억하게 한다.

안경

내가 처음 안경을 쓴 날은 30년 전인 1985년 8월 이다. 이날을 기억하는 이유는 아버지가 형과 나를 데리고 「람보 2」를 보러 가셨고 영화가 끝나고 안경을 맞춰 주셨기 때문이다.

사실 눈이 그리 나쁜 편은 아니었는데 (어쩌면 이때 안 썼 으면 지금까지 안경을 쓰지 않고 살았을지도….) 우리 집안 유전인 난시의 교정차원에서 해주신 것 같았다. 이때 쓴 안경은 옛날식인 알이 큰 안경이었고 중학교 가서까지 이런 형태의 안경을 쓴 것 같다.

나중에 손지창이 인기있던 시절, 알이 동그란 작은 안경이 유행할 때 애들이 놀려 바꾼 기억이 난다. 몇 년 전엔 라식 수술을 알아보고 다니기도 했는데 안경을 안 쓰고 렌즈를 끼고 다녔더니 주변에서 전부 적응 안

된다고 무섭다고 난리를 치던 기억도 난다.

이제 안경은 내 외모의 한 부분이 되어 버렸다.

지금 쓰는 안경은 홍대에서 여자 성진이 사준 안경인데 30년 동안 쓴 안경 중에 가장 마음에 드는 안경이다. 그녀에게 고맙다. 그리고 그전에 쓰던 안경을 물어뜯어준 강아지 박하야, 고마워 ~!

아, 금테 안경이 고딩 때 있었다. 24K 금테라 나름 부의 상징이었다. 귀와 눈 사이는 짓물러서 따가웠지만 부서지도록 썼고 심지어 안경테도 팔았던 것 같다. 그 다음에는 빨간 뿔테를 썼는데 내가 오리궁뎅이라 '빨간 오리'라는 별명이 붙었다.

24K 금테 안경을 쓸 때 내 별명은 '현주 아빠'였다. 배우 임채무 씨가 쓴 안경 같았나 보다.

다음 안경을 쓸 때 여자 성진과 나는 또 변신을 하겠지?

ⓒ여자성진

ep 10. 자존감 그녀가 그의 손에 시각을 담아

내가 자존감이 낮아서
사귀었다 싶은
옛 연인들이 있다.

그럼, 그때 그건

사랑이 아니었을까?

행복해,
내 이야기를 너와 함께 들을 수 있어서

컴퓨터에 대하여

컴퓨터

여자 성진

컴퓨터는 가전제품이면서 그중 제일 사용하기 어려운 물건이다. 전기밥솥은 보온과 취사만 구분하면 되고, 전자레인지는 덥히기와 해동만 구별하면 되지만 컴퓨터는……. 현재 나는 컴퓨터를 만지는 일이 거의 없다. 남자 성진이 보내준 영화를 다 보면 자기 전에 전원 끄는 정도, 그리고 네이버 카페에서 뮤지컬 악보 찾을 때 쓰는 정도. (스마트폰에서 SNS와 이메일 서비스 정도는 거의 다 해결하기 때문이기도 하다.)

컴퓨터는 통신 시대에나 지금의 인터넷 시대에서나 사람을 만나는 통로가 된다. 그 통로를 이용해서 정치인도 알게 됐고, 연극 동호회도 알게 됐고, 또 예전 애인을 만난 적도 있다. 기술적인 면에선 흥미가 없다. 기술이 처음부터 싫었던 것은 아니지만, 초등학교 때였나, '도스'라는 것을 배우는데 전혀 알아들을 수가 없었고 선생님이 하라는 걸 실행할 수가 없었다. 두려운 과목이 되었다. 대학 때는 홈페이지 제작 수업을 들었는데 막막하긴 마찬가지였다.

어쩌면 그 교양수업은 원래부터 홈페이지를 만들 줄 아는 사람들을 위한 수업이었던 것 같다. 그렇다면 내가 그 수업을 신청한 것은 무모한 일이었다.

어떤 친구는 사람과 이야기하는 것보다 컴퓨터를 상대하는 게 훨씬 더 좋다고 말했다. 그렇지만, 나는 원리나 구성, 프로그램엔 도무지 관심이 안 가고 어렵다. 단 스무살 무렵, 토토로나 월령공주 캐릭터 그림을 프린터에서 출력할 땐 설레었다. 뮤지컬 악보나 이론 자료도 마찬가지다. 쪽글이라도 내가 쓴 글을 출력하면서 기쁨을 느낀다. 노트북은 소중한 내 글쓰기 도구이다. 그런데 최근엔 (지금도 그렇지만) 노트에 연필로 글을 쓰고 있다.

컴퓨터

남자 성진

초등학교 이전이었던 것 같다. 청담동 영동시장에서 전파사를 하시던 아버지는 선견지명이 있으셨던지 'IQ 2000'이라는 컴퓨터를 집에 가져오셨다. 형과 나는 거의 까무러치게 광분했었다.

당시에는 디스켓이 아닌 카세트 테이프로 프로그램을 실행했었는데 몇 가지 게임과 베이직이라는 프로그램 언어가 있었다.

친구들에게 자랑도 하고 게임도 시켜주고 당시 겜보이 같은 게임기만 있어도 부자집이고 부러움을 받았는데 우리집에 무려 컴퓨터가 있었다. 그때 내가 대학생이었다면 마치 대학교수댁 아들이라도 된 기분이었을 것이다.

그 후로 우리 형제가 컴퓨터에 껌딱지처럼 붙어 살자 아버지는 '애플 II'를 구해다 주셨다.

가만, 그럼 아버지가 전파사를 계속하셨으면 국내 최초 애플 AS센터가 될 뻔했다. 비슷한 예로 초창기 때 핸드폰 대리점을 하실 기회가 있으셨는데 얼마나 고민이었으면 꼬맹이였던 나에게까지 "해볼까?"라고 물으셨었다. 부자 될 뻔했다. 몇 번은. 그 후 우리 엄마 피씨방 창업설도.

부모님은 요즘 마을 기업에까지 관심이 지대하시다. 자본이 있으셨으면 큰일(?!) 내실 분들이다.

아무튼 컴퓨터는 대여섯 살 때부터 늘 같이 있던 내 친구이자 먹고 사는 도구이다. 요즘 좀 멀어졌지만 결국 컴퓨터로 모든 일의 마무리를 하게 된다.

아버지의 선견지명. 지금 아들들이 컴퓨터로 돈 벌어 모시니 정확하셨습니다. 아빠 감사 ^^.

ⓒ여자성진

두 번째 정거장

관계

ep 11. 그에게

그녀가 그의 손에 생각을 건네주다

기쁨, Pleasure

우정, Friendship

사랑, Love

성취, Achievement

젊은 날에 먼저 간 그대
짧은 생이었지만
그에게도 삶이 있었네.
Though it
was a short life,
he had his own life, too.

행복해,
내 이야기를 너와 함께 들을 수 있어서

효심에 대하여

효심

나의 아버지는 사업가, 정치인, 화랑 주인 등 다양한 일을 하셨다. 때론 성공의 길을, 때론 실패의 길을 걸으셨다. 호탕하시고 요즘 유행하는 말로 '홍 부자'이시지만, 화를 잘 내시는 성격이라 어린 시절의 나는, 아니 커서까지도 아버지와 함께 있는 게 무서울 때도 있었다. 아마 그 때문일 것이다. 아버지를 뵈러 갈 때 내 마음은 편하지만은 않다.

아버지가 화를 잘 내시고 감정 표현에 서툰 것은 아버지가 어린 시절 겪었던 상처와 연관이 있다는 것을 나도 나이 들어서는 이해한다.

아버지와의 행복한 기억도 물론 있다. 어렸을 때 내가 아침에 먼저 일어나 아버지가 주무시고 계시는 안방 문을 열면, 나를 보고 한 손으로 이불을 탁! 들추셨다. 말하자면 "우리 막내, 안겨!"의 의미를 가진 손짓이다. 그러면 나는 이불 속으로 쏙 들어갔고 아버지는 나를 안고 이불을 덮어버리셨다. 그때마다 숨이 막힐 것 같아 이불을 끌어내려 바깥 공기를 마시곤 했다. 숨이 답답한 가운데도 아버지의 사랑을 느꼈다.

IMF 때 하시던 사업에서 실패하신 뒤 경제적으로 힘드시기도 했지만, 교회도 다니시고 친구분들과 여행도 가시면서 소박하게 노후를 보내시던 아버지. 그런 아버지가 교통사고를 크게 당하신 뒤 급격히 쇠약해지셨다. 이제 아버지는 휠체어가 없으면 이동조차 하지 못하신다. 아버지가 부디 건강하시고 오래 사시기를 기도한다.

어머니의 굴곡진 인생을 어떻게 다 말로 할까?

소심한 성격의 어머니, 그런 어머니가 많이 바뀌셔서 요즘엔 딸인 나보다 더욱 대범하게, 씩씩하게, 당신의 지혜를 다해, 당신과 가족의 삶을 꾸려가고 계신다. 그러나 엄마가 한 번 아프신 뒤로는 염려가 많이 된다.

엄마, 아빠, 막내가 사랑해.
오래오래 내 곁에 계셔야만 해. 알았지?!

효심

우리 할머니는 평양에 오래 사셨기에 늘 "평양 스타일"이셨다. 그러시다보니 TV에 나오는 평범한 할머니 스타일과는 거리가 있으셨고 나름의 철학과 사상이 매우 뚜렷하신 분이셨다. 그런 할머니께서는 내가 외출할 때 항상 "야야, 의관을 정제해야지."라고 하셨었다.

할머니는 친구분들이 놀러오시면 항상 약술을 만들어 드셨고, 국악을 들으시며 어깨춤을 추시던 게 아직도 눈에 선하다. 그리고 할머니 전화번호 수첩에는 항상 친구분들의 이름보다는 '빽빽이' 등의 그 분들 별명이 옛날 글씨체로 적혀 있었다. 그리고 당시 유행하던 로열젤리를 손으로 동그랗게 만들어 콩가루에 묻혀서는 요즘 비타민처럼 먹여주시던 우리 할머니.

그렇게 건강하시던 할머니가 언제부턴가 바늘귀에 실을 꿰는 것을 손주에게 시키셨다.

내가 처음으로 고등학교 교복을 입고 등교하던 날에는 옆집 초인종을 누르시곤 이웃집 할아버지로부터 넥타이 매는 법을 배우게 해주시던 우리 할머니. 내가 직장을 다니고 월급을 받게 되어 "할머니 가시고 싶은 곳 모셔다 드릴게요."라고 말씀드렸을 때는 연세가 너무 많아져 버리셨다.

90세가 넘어서도 정정한 편이셨지만 새벽에 일어나셔서는 TV에 아주 가까이 앉아 방송을 보셨다. 조금 더 시간이 흘러서는 하루 종일 잠만 주무시던 할머니.

오랜만에 자리에서 일어나 베란다에 앉으셔서는 또렷한 정신으로 창밖 세상을 구경하시던 날 할머니는 엄마에게 천주교식 대세를 받으셨고 '마리아'라는 세례명을 얻으셨다. 그때 할머니는 아이처럼 기뻐하셨다. 그러고는 다시 잠드셨고 온 가족이 모여 있는 자리에서 하늘로 돌아가셨다.

6·25전쟁 때 죽은 큰아들 보러… 커피와 담배를 즐기던 지독한 영감을 보러… 연로하신 할머니께 가족들이 그 죽음을 꼭꼭 숨겨왔던, 병으로 먼저 간 큰딸을 만나러…….

할머니께서는 딸의 죽음을 숨긴 우리에게 하늘 나라에서 이렇게 말씀하실 것이다. "배라먹을 놈들(빌어먹을 놈들)!"

철없어 마흔이 다 되어서야 고백합니다. "할머니, 사랑해요."

ⓒ여자성진

ep 12. 인내

그녀가 그의 손에 생각을 담아주다

내가 누군가에 대해

많은 인내를 하고 살아가듯이

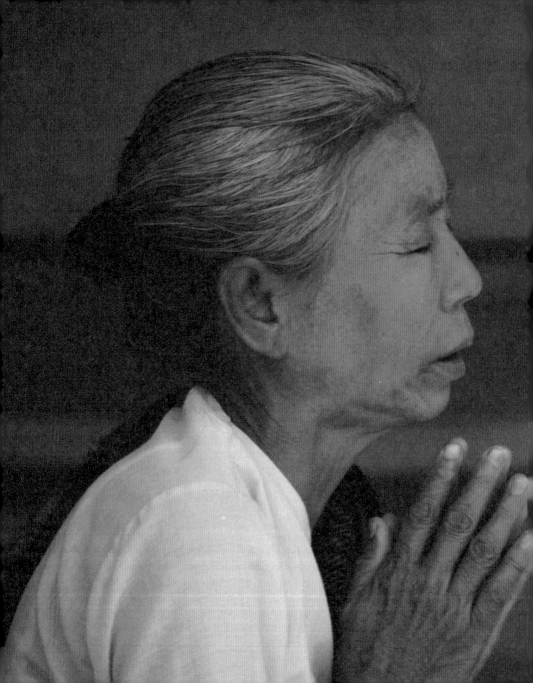

내 삶도 누군가의 인내로
구성되어 있을 거란
생각이 들었다.

eo 13. 이야기

그녀가 그의 손에 생각을 담아주다

나의 이야기가
너의 이갸기가 되기도 하고

너의 이야기가
나의 이야기가 되기도 한다.

그곳에 함께 있었기에...

행복해,
내 이야기를 너와 함께 들을 수 있어서

불안에 대하여

불안

여자 성진

불안할 때가 많다. 어쩌면 안 불안할 때는 얼마 안 되는 것 같다.

'편찮으신 아버지가 갑자기 돌아가시면 어쩌지? 엄마가 아버지 병원에 종종거리며 다니시다 다치시기라도 하면……?'

불안과 안심, 분노와 사랑, 비난과 수용이 끊임없이 수레바퀴처럼 내 안에 회전하며 존재한다.

그러고 보니, 나는 아버지에 대해서 이야기한 적이 별로 없었다. 교통사고, 섬망, 가해자와의 합의 결렬, 또는 최근 아버지의 응급실행 등을 이야기 하는 것만도 아버지에 대한 이야기를 많이 하는 것이다.

이방인. 어쩌면 삼촌 같은 이방인. 어쩌면 할아버지 같은 존재. 아버지를 떠올리면 이런 생각이 들기도 한다.

불안이 잘 살기 위한 신호라면, 불안이 너무 커져 삶이 지탱이 안될 때는, 그것은 삶의 이상 신호일 것이다.

아버지는 나를 보면 꼭 "우리 어머니랑 닮았어."라고 말씀하신다. 그가 내게 이방인이라면 나 역시도 그에게 이방인일 것이다. 사랑의 마음이 있긴 있겠지만 서로를 많이는 모르는 사이.
불안이란 주제를 쓰고자 했는데 결국은 아버지 이야기다. 힘들 때는 손을 잡아주는 사람들이랑 손을 잡고 견뎌내는 법이다.

나는 엄마의 손을 잡아주고 싶다.

다시, 불안했던 그 시기, 아빠 교통사고 직후로 내 기억이 돌아간다. 남자 성진과 카페 등에서 대책을 논하던 시절. 나는 형제가 많은 집의 막내일 뿐이었고 주로 받기만 하던 입장이었는데, 세월이 흘러 이젠 가족의 정신적 지주 비슷한 존재가 되어버린 것에 대해 절망도 하고 두려워했었다. 그런 이야기를 남자 성진에게 했던 기억이 난다.

불안

불안함.

나에게 가장 큰 불안함은 옛날에 아버지의 사업이 쫄딱 망했을 때 누가 집에 찾아오는 것이었다. 빚을 져본 것도 처음이고, 그때는 채권자들이 막 집으로 찾아오고 그러던 때다.

아! 지금 생각해 보니 아주 어릴 때도 우리 반지하 집에 돈 달라고 누가 찾아 왔었다. 그때 난 엄마 무릎을 베고 자고 있었고, 엄마, 아빠는 내 머리를 쓰다듬으며 조분조분 채권자하고 이야기했었던 것 같다.

그러고 보면 빚은 우리 집에 늘 있었던 것 같다. 이제는 나이 들고 나서는 채권자가 하나도 안 무섭다. 그들도 채무자에게 불법적인 행동을 할 수 없다는 것을 알게 되었다.

금융 빚의 소멸 시효는 3년, 개인은 5년이다.

오래된 빚, 소멸시효가 넘어 간 빚을 채무자의 갚을 의사가 있는 것으로 속여 채권을 다시 살리는 것을 보았다. 나쁘다.

요즘엔 채무가 오래되어 오백만원짜리 빚이 오백원이 된 채권을 사서 태워버리는 사회운동에 관심이 있다.

나의 불안은 곧 일이다. 일중독이 있어 누가 뭐라 하지 않는 데도 조바심 내고 잘하려 한다. 어쩌면 성장기에 가족에게 인정받지 못한 트라우마가 커서 사람에게 인정받으려 하는 모습이 되었나 보다. 마음을 가라앉히고 내 힘을 믿고 내 생활을 사랑하고 시야를 넓게 가지면 일중독에 빠지지 않아도 돈을 잘 벌 수 있다.

사람들은 자신의 불안정함 때문에 타인에게서 안정감을 찾으려 한다. 내가 올곧게 서 있고 안정되면 오히려 사람들이 찾아온다. 어쩌면 이 밀림 같은 세상에서 살아남는 방법이 나를 찾는 것이라고 생각한다.

기도하자. 여자 성진과 나의 마음과 영혼을 위해

ep14. 주인공 그녀가 그의 손에 생각을 담아주다

일을 해나가는 길에서 겪게되는

이 많고 많은 시행착오들

영화 속 주인공처럼

이 시행착오마저도

공부이고 즐거움이라고 믿어볼...까?

ep 15. 개성

나에게 솔직해지면서
타인과 나의 다른 점을
발견하게 된다.

그러다보면 나는 평범함에서 멀어져

이단아나 외톨이, 이상한 사람처럼 느껴지고 만다.

그러나 평범에서 멀어지면서

내 자신의 개성을 발견하게 된다.

행복해,
내 이야기를 너와 함께 들을 수 있어서

페이스북에 대하여

Facebook

여자 성진

페이스북Facebook 이용 첫 날, 난 페이스북 이용법에 대한 동영상 강의를 보고 있었다. 지금은 매일 같이 이용하지만 그때는 페이스북이 내게 어려웠나 보다.

"좋아요, 버튼을 누르면 사람들이 좋아해요."라는 강사의 말이 아직도 기억난다. 처음 가입했을 때 친구 신청이 몇몇 사람들로부터 들어왔는데, 일부는 뮤지컬 레슨 제자였고, 몇 명은 공연을 같이 했던 사람이었다. 그중 서로, 혹은 한쪽에서 연락을 끊은 사람들도 있어서 친구 신청을 해온 의도가 궁금했다. 끝내 친구 수락을 안 하기도 했고, 어느 날은 갑자기 마음이 넓어져 수락을 하기도 했다.

트위터Twitter의 경우는 본인이 설정한 아이디를 이용하기 때문에 익명성이 보장되지만 그만큼 진솔한 대화는 어려운 것 같다. 사람들은 스스로를 드러내기 좋아한다고 생각한다. 승리는 페이스북이 했다고 본다.

지금의 나는 트위터는 어쩌다 한 번 접속하지만, 페이스북은 매일 이용한다. 타임라인에 페이스북 친구들의 얼굴 사진이 떠서 흐른다. 나는 얼굴 사진을 프로필 사진으로 쓰지 않는다. 예전엔 썼지만, 지금은 특정 정치인이 관련된 글, 뉴스, 사회문제, 죽음 등을 소재로 한 글을 많이 쓰거나 링크하므로, 다시 익명성이 필요해졌다.

한 유명한 남성 개그맨이 "우리 아내는 방송에서 (자신에 대해) 얘기하는 거 싫어해요."라고 했다가 "방송에 나오는 건 싫어하는데 유명해지고 싶어해요"라고 말했다. 이 말은 농담 같지만, 우리네 이야기 같기도 하다. 유명해 지고 싶지만 또 유명해지는 것을 무서워 하는.

아주 최근 3~4월은, 내가 내 자신을 찾는 시기였다. 늘 내 자신을 찾았지만 마침내 찾아낸 시간. 그래서인지, 나는 다른 사람이나 사회문제에 관한 포스팅을 좀 줄였다. 아무리 보잘것없어도 내 이야기를 하기 시작했다.

어떤 때는 침묵이 낫다.

Facebook

남자 성진

내가 본격적으로 페이스북을 시작한 것은 재미있게도 여자 성진이 전국 순례를 시작하고 부터이다. K선생님이 페이스북 친구 위주로 전국 순례 소식을 실시간으로 보내오시고, 처음으로 둘 사이가 물리적으로 가장 멀리 있는 상황 (그전까진 본가가 있는 충청도와 서울이 최대 멀리 있는 것이었다.) 이어서 더 적극적이었다.

여자 성진이 전국 순례를 두 번 다녀온 후 K선생님과 친하게 되었고 그 분의 페이스북 친구 중 IT에 관심이 많은 분들과 페이스북 친구를 맺으면서 나의 좋아요 클릭질에 가속도가 붙었다.

요즘 다니는 직장도 그 페이스북에서 만난 친구가 운영하는 회사이다.

처음 페이스북을 접했을 때는 내 개인정보를 다른 사람에게 보여 주기 싫어 거부감이 느껴졌다. 어쩌면 내 과거가 그다지 행복하지 않았다고 생각해서였을지도 모르겠다. 요즘 페이스북에 빠져 살면서 나도 모르게 생각이 바뀌었는데 내 과거도 나름 즐겁고 찬란했으며 그런 모습들이 결국 나라는 생각을 하게 되었다.

앞으로 페이스북으로 돈도 주고받고 물건도 사고 택시도 부르고 오만가지가 다 그 안에서 이루어질 예정이다. 페이스북으로 돈도 벌수 있을 것 같다. 페이스북 같은 사회관계망에 실질적인 경제활동이 융합되는 것이 우리 생애에서 최종점이 될 문명의 혜택인 것 같다.

충분히 누리고 가리라. ^^

좀 더 많은 친구를 만나고 즐겨야겠다

ⓒ여자성진

ep 16. 결정장애 그녀가 그의 손에 생각을 담아주다

결정장애의 뒷모습은
책임을 지기 싫은
우리의 마음 아닐까요?

내가 행복한 인생을 살기 위해
꼭 필요한 친구, 결단력

결단력은 전쟁터에서도
꽃에 물을 줄 수 있는 용기,
모두가 아니라고 하는 길을
꿋꿋이 걸어갈 수 있는

지혜입니다.

ep 17. 언제 행복해?

가정에도 법이 있다.
내가 좋아하는 노래를 배우는 것 : 합법
가수가 되는 것 : 불법

'공무원이나 의사를 해라'

개성은 없어져..
대학못가면 큰일나고
가더라도 지방대는 안 돼
너무 우울해.

넌 언제 행복해?

저요? 아무것도 안 할 때요.
친구도… 숙제도…

그 아이에게 가장 큰 위로는

"시간"

행복해,
내 이야기를 너와 함께 들을 수 있어서

신앙에 대하여

신앙

여자 성진

　신앙은…. 한 번은 해야 할 이야기이며 모든 곳에 존재하는 것이 신임을 알고 있다. 그러나 너무나 힘들어질 때엔 〈주의기도〉 한 줄이 안 떠오르기도 한다.

　엄마가 정확히 언제부터 성당에 다니셨는지는 잘 모른다. 내가 초등학생이었을 때 엄마가 이미 천주교 신자였던 것은 확실하다. 영세를 받으라고 엄마가 권유했던 기억은 정확히 없다. 하지만 내가 영세를 받기로 결심했던 데는 엄마의 영향이 가장 컸을 것이다. 나는 초등학교 4학년 무렵 교리 공부를 하고 영세를 받았다.

　중학생이 되어서는 성당에 거의 안 나갔던 것 같다.(나간 기억이 거의 없다) 오빠의 죽음 이후에 다시 나갔는데, 미사를 드리는 중에 미사에

'깽판'을 놓는 상상을 한 적이 있다. 신부님이 신적인 능력으로 내 아픔을 알아봐주길 바라며 앉아있기도 했다. 하지만, 미사는 나의 외로움이나 아픔과는 무관하게 식순대로, 진행되었다.

어쩌면 신부님이 하시는 강론 말씀을 이해하려면 깊은 경험과 문학적 소양이 필요했는지도 모르겠다.

엄마는 내게 문자를 보낼 때 당신이 언제 미사를 보았는지에 대해서 자주 말씀하신다. 또는 언제 미사를 볼 예정이라고 내게 알려 오신다. 내가 신앙 생활을 함께 하길 바라는 엄마 방식의 기원과 기도일 것이다.

난 지금 내 인생의 길을 잘 걷고 있다고 믿는다, 남자 성진과 더불어.

오늘 아버지로부터 상처를 받았지만, 그래도, 다른 부분, 엄마와의 관계나 오빠의 죽음에 대한 입장, 강사로서 수업에 임하는 태도, 하얀 강아지 박하와의 동거, 모든 것이 잘 돼 가고 있다고 느낀다.

그 안에 신은, 하느님은 와 계신 것 같다. 물론, 나는 너무 힘든 어느 날, 또 〈주의기도〉가 생각이 안 나서 기억을 더듬겠지만.

신앙

나는 가톨릭 신자다.

모태 신앙, 평신도 사도직, 광신, 골수……. 아무튼 그런 많은 이름이 내게 있다. 아마도 죽을 때까지 난 가톨릭 신자일 것이다.

어려서부터 어머니와 함께 성당에 갔었고, 우리 가족의 모든 문제에 대해 신앙적인 해결이 시도되었다. 경제적이든, 정신적이든, 어려운 문제가 있을수록 더 강력한 신앙 활동으로 그 해결을 시도 했다.

〈엄마와 성당에〉란 가요가 있다. 난 이 노래를 좋아하지만 싫어하기도 한다.

좋은 점은 울 엄마와 아기 남자 성진이 아파트 공원, 가로수길 사이로 정겹게 걸어 미사를 가던 추억이 있다는 것이다. 나의 그런 추억이 효심과 감수성을 자극한다. 미사 후에 먹는 150원짜리 성당 자판기 율무차는

꿀맛이었다.

싫은 점도 있다. 5~7세 미취학 아동을 새벽 5시에 깨워 성당에 데려 가는 것은 분명한 아동 학대이다. 아이의 하루가 새벽 5시에 시작되는 것은 하루를 너무 길게 만든다. 그래서인지 학교 가기 전까지는 몸이 아픈 골골한 아이였다.

초등학교 입학과 동시에 어린 남자 성진의 아침은 광복을 맞이하였던 것이다! 중학생 때는 성당 간다고 뻥치고 오락실행, 고등학생 때는 거의 주일미사만. 안 가면 난리나니까 가족의 평화를 위해 가는 그런 미사.

스무 살, 철이 들고나서는 지겨워서 안 갔다.

지금은 미사보다는 기도에 열중한다. 항상 하느님을 느끼고 사는 것이 내 신앙임을 알았기 때문이다.

'아멘. 그대로 이루어지소서. 당신께 온전히 바치오니….' 바치기 위해 나를 깨끗이 해야 하는 데(이것이 옛날엔 두렵고 힘들었다)….

'당신이 보내주신 가까운 사람을 통해 그대로 이루어지고 있나이다.'

ⓒ여자성진

ⓒ여자성진

ep 18. 가치관 그녀가 그의 손에 생각을 담아주다

난 순진해

어른들 말 다 믿어.

때로는 어른들의 생각보다
너의 생각이 더 중요하단다.

"근데 어른들은
항상 자기들 말이 옳대요."

가치관의 ctrl-c ctrl-v

자기 가치관을 찾아야 해.

행복해,
내 이야기를 너와 함께 들을 수 있어서

나의 엄마가 만약
고물상을 한다면

나의 엄마가 만약 고물상을 한다면

여자 성진

아주머니라고 불러야 할까, 할머니라고 해야 할까, 작업실 근처 고물상의 여인은 굽은 허리로 쉼 없이 고물들을 만지고 있다. 그녀를 바라보는 나의 심정은 복잡하다. 나이 드신 여성이, 60대의 여성이, 70대의 여성이 노동을 하거나 고생을 하는 걸 보면, 나는 자동적으로(조건반사와도 같다) 우리 엄마가 떠오른다.

그녀의 성실함에서는 숭고함도 느껴진다. 또 그녀가 무뚝뚝하거나 음울했다면 그녀를 경계했을 것 같은데, 그녀에게 컴퓨터 본체를 팔면서 겪어보니, 그녀에겐 다소의 불친절함과 함께 웃으면서 부리는 약간의 장사 욕심도 있어 '귀여운' 분이라는 생각이 들었다. 그 다음 단계의 생각은, 그녀에게도 자식들이 있을 것 같은데, 자식들은 그녀의 '일'을 어떻게 바라볼까? 하는 것이다.

'나의 엄마가 그 일을 하신다면?'

한순간이었지만, 나의 엄마와 고물상 여인의 거리가 멀지 않다고 느낀 적이 있다. 엄마는 당시에 베이비시터를 하고 계셨는데, 나는 엄마에게 다른 일을 할 생각이 없으시냐고 물었다. 엄마는 실내에서 할 수 있는 일이고, 자신의 나이에도 할 수 있는 일, 비교적 편안한 '가정집'이라는 노동환경에서 일할 수 있다는 점들을 들어, "엄마한텐 딱 맞는 일이야." 라고 하셨다.

그때 내 가슴에 콕 박힌 것은 바로 '실내에서 할 수 있는 일'이라는 표현, 바로 '실내'라는 말이었다. 나의 어머니는 전직 교사이시다. 나는 그점을 자랑스럽게 생각하면서 살아왔다. 그러나 엄마 말씀에서 엄마가 실외에서 하는 일, 길에서 하는 일, 거친 환경에서 하는 일까지 생각해 보셨다는 것을 알게 됐다. 오늘의 글 주제는 내가 정했다. 그럼에도 엄마가 고물상을 하시는 걸 상상하는 것만으로도 힘들어 하고 있다.

나이 드신 엄마가 일을 해야 하는 것을 받아들이는 데까지는 마음고생과 시간이 많이 필요했다. 부모님의 생계를 책임져 드리지 못하는 나 자신을 용서하는 일도 필요했고

나의 엄마가 만약 고물상을 한다면

남자 성진

우선 우리 엄마는 체면을 중시하시기 때문에, 고물상의 이름은 분명 바뀌어 있을 것이다.

그 이름은 '자원 재활용센터 리사이클링하우스' 이런 식일 것이다.

난 열심히 고물을 사람들이 사갈 수 있게 고치고 있을 것이고, 나의 엄마는 어디선가 리사이클 제품이나 친환경 제품을 떼어와서 고물상 한쪽에 점포를 열고 우아(?)하게 사람들과 담소를 나누고, 또 성당을 다니실 것이다.

난 용접에, 고철 압축에, 막일꾼이 되어가겠지만, 뭐 나름, 자원 재활용 운동가(?) 정도로 적응하긴 할 것 같다. 나의 아버지는 고물상 근처에 오지도 않으시거나 엄마가 차려놓은 가게에 앉아만 계실 것이다.

직업엔 귀천이 없고 뭐든 열심히 정 붙이고 하면 되는 것이다.

여자 성진이 이번 글 주제를 정하면서 고물상에서 열심히 일하시는 나의 어머니와 어머니의 기대에 부응하고자 주경야독하는 자식이 등장하는 드라마를 생각했다면 미안하다. 나의 부모님은 고물상과 같은 일을 하는 게 불가능하신 분들이다. 나의 엄마가 고물상을 할 용기가 있었다면 어쩌면 나도 판검사가 되었을지도 모른다.

외할머니는 폐지나 신발을 직접 모으시지는 않지만 누가 모아주면 유모차에 실어 가져다 파시고 용돈을 쓰신다. 돌아가신 친할머니도 신문을 모아서 파시고 그랬다. 전쟁통에 살아오신 어르신들에겐 고물을 모으고 파는 게 자연스러우시다.

나의 엄마보다 고물상을 할 수 있는 사람은 나이다. 난 잘할 것 같다.
마음속에 재활용 가능한 고물 같은 건 없을까? 옛날에 생각했던 아이디어라든가 생각을 한 번쯤 꺼내어 쓸 수 있다면? 고쳐서 쓴다면?^^

ep 19. 쇼핑

그녀가 그의 손에 장갑을 담아주다

물건을 살 때는
꼼꼼히 골라야 한다.

가치관도
쇼핑하는 것처럼 꼼꼼이 골라야 한다

하지만 학교에서 골라주는 어려운 책들

행복한,

나에게 맞는,

즐거운 독서가 필요해

행복해,
내 이야기를 너와 함께 들을 수 있어서

눈물에 대해

눈물

무표정한 아이. 말에 억양도 딱히 없고 감정 표현도 잘 하지 못하는 아이. '아이'라고 하기엔 다른 학생들보다 나이도 더 많이 먹은 학생. 뮤지컬 수업 첫 학기에서의 나의 포지션이었다. 가르치는 분은 이○○ 선생님.

무표정한 아이. 울지도 웃지도 않는 아이. 웃어도 마음이 늘 불안한 아이. 왜 울지 못하는지 알 것 같으면서도 정확히는 알지 못하는 아이.

오빠가 군대에서 선임한테 맞았을 뿐 아니라 후임한테도 맞았다는 이야기를… 이제서야 들었다. 그렇다면 선임한테 폭행당한 것은 수긍할 수 있는 것일까? 난 그 부분은 눈 감고 싶었던 것 같다.

'군대는 어쩔 수 없어. 내가 이 나라의 군대문화를 비판한다면? 극우세력들의 먹이가 되거나 권력의 핍박을 받을 거야…….'

무표정한 엄마. 10년 전이었던가? 7년 전이었던가? 내게 말씀하셨다. 엄마가 감기 몸살이 나서 병원에 갔는데 의사가 이렇게 말을 했단다.

"표정이 어두우시네요."

엄마는 답하셨다지.

"내 표정이 안 어둡게 생겼어요?"

오빠는 부대인원이 백세 명인데 백두 명한테 맞았다지. 난 견딜 수 없어. 내가 그 안에서 지냈다면 나 또한 버티지 못했을 거야.

흔한 표현 같지만, 눈물 길은 몸에 든 멍이 풀려서 밖으로 나오는 길.

운 만큼 몸무게도 줄 것 같아.

눈물

"울면 고추 떨어진다!"

우는 것은 나약하다고 듣고 배웠다. 군대도 다녀오고 여느 한국남자처럼 나도 감정을 절제하는 것이 멋이라는 교육을 받고 자랐다. 남자는 태어나서 세 번 운다는 둥.

정신나간 교육이다. 슬프면 눈물을 흘릴 줄 알아야 슬픔 그 다음의 감정이나 생각을 받아 들일 수 있다. 우는 것을 참는 일이 반복될 때마다 스스로 감정을 차단하는 것에 익숙해지고 나이가 들어서는 다른 사람에게 이렇게 말하게 된다.

"뭐 그런 걸 가지고 그래?!"

위로할 줄도 모르는 '미개인'이 되어 버린다. 인간 사회 구성원, 특히 가족 사회에서 위로는 당연히 가장 잘 해야 하는 것이다.

우리는, 특히 한국 남자들은, 아직도 위로하는 방법을 만화에서 배운다. 일본 만화에서……. 그러다 보니 어설프게 다른 사람 위로는 할 줄 알게 되는데 스스로 위로 받을 일이 생기면 일본인들처럼 남에게 위로 받으려 하는 것이 폐를 끼치는 일이라고 생각하게 되어 버렸다.

상처를 서로 핥아주는 것은 자연이 준 당연한 본능일 텐데…….

그러고 보면, 난 나름 깨어있는 사람이다.

여자 성진, 위로하고 위로 받는 법을 배울 수 있는 책 한 권 남자 성진에게 권해줘요. 위로 받고 위로하는 인간이 될래요. 되고… 싶어요. ^^

인생의 쓰라린 경험...

ep 20. 기다림 그녀가 그의 손에 생각을 담아 주다

전화위복이란 말도 있지만

더 좋은 일이
생기기 전까지는

전화위복이란
생각을 할 수가 없다.

복을 다시 만들기 위한

길고 쓰라린 기다림의 시간들···

세 번째 정거장

일

ep 21. 분노
그녀가 그의 손에 생각을 담아주다

우리는 기본적으로
성격이 좋은 사람들이다.

그래서 애써 분노를
부정하거나 그냥 묻어버리거나
숨기거나 혼자 삭힌다.
단지 분노를 없애기 위해
노력만 할뿐,
정작 그 목소리를 듣지는 않는다.

분노는

우리가 무엇을 좇아
행동해야 할지 알려준다.
그러나 거기에 휩싸여
행동해야 한다는 뜻은 아니다.

우리가 분노가 제시하는 방향으로
나아갈 연료로 분노를 이용해야 한다.
조금만 생각해 보면
분노가 보내는 메시지를 해석 할 수 있다.

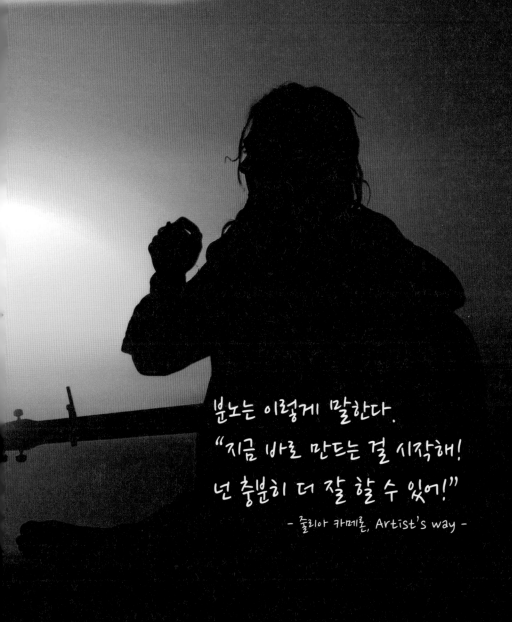

분노는 이렇게 말한다.
"지금 바로 만드는 걸 시작해!
넌 충분히 더 잘 할 수 있어!"

- 줄리아 카메론, Artist's way -

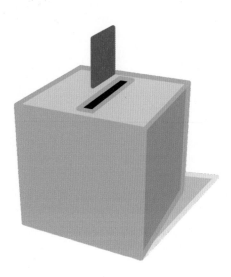

행복해,
내 이야기를 너와 함께 들을 수 있어서

선거에 대하여

선거

여자 성진

여전히 나는 선거가 그립다. 선거 기간에 느꼈던 '살아있다'는 기분이.

반면 나를 밀어내는, 내가 열심히 일하는 데는 다른 의도가 있을 거라 의심하는, 뒤에서 욕하는 일부 사람들의 분위기는 견디기 힘들었다. 만약에 내가 지금처럼 하느님의 이름을 하루에 한 번이라도 불렀다면 그 시기가 그렇게까지 힘들진 않았을 것 같다.

선거를 통해 지금 내 앞에 있는 남자 성진을 만났으니, 선거는 내 인생에도 큰 변화를 몰고 온 일이기도 하다.

그때 내가 '밀었던' 후보는 이번 선거에 다시 출마하기로 했고 관련하여 어제 TV 뉴스에 출연했다. 그가 뉴스에서 한 표현을 들어보니 그가 최근 내놓았던 보도 자료의 표현 그대로 반복한 것이나 마찬가지였다. 보도 자료를 꼼꼼히 읽었던 나로서는 같은 말을 듣는 게 민망하기도 했다.

처음에는 그 정치인을 집회에서 자주 만났고 그 뒤엔 당신의 일을 도와드리고 싶다고 말하였다. 돈은 안 받아도 괜찮다는 말도 내가 먼저 했던 걸로 기억한다. 지금도 그분을 응원하지만 당시에는 그의 소신 있는 행동에 자타공인 열혈 추종자였다. 몇 개월 후 나는 선거 사무소에도 출근하게 됐는데 사람들, 특히 유세단원을 모집하는 일부터 시작했다. 선거에 출마한 그가 공연 형식의 참신한 유세를 부탁해왔기 때문이다.

우리 유세단이 후보 주변에 있던 기존 인물들로부터 인정을 못 받는다고 느껴졌을 때, 그리고 내가 그 후보 앞에서 지나치게 긴장하였을 때, 그리고 그의 보좌진 가운데 한 명인 S로부터 언어 폭력을 당했을 때…….

여러 기억이 떠오르고 그 가운데는 정말 힘들던 때도 있었다. 우리와 유세단을 같이 하다가 나가버리면서 내게 장문의 문자를 남겼던 제자 한 명도 떠오르고.

하지만 어느 순간부터 우리는 선거 유세에서 빼놓을 수 없는 존재가 되었고 그때부턴 저절로 나와 우리 팀을 대하는 사람들의 방식이 달라졌다. '모든 일은 결과가 좋으면 다 좋은 게 된다'는 희곡의 제목 같은 현상이었다.

(이 이야기는 기회가 되면 더 많이 하고 싶다)

선거

남자 성진

우리나라의 선거는 승자독식 구조이다. 교육현실이 그렇듯 선거도 무한 경쟁의 원리가 지배한다. 그러다 보니 지역의 대표를 뽑든 대통령을 뽑든 인기 투표인 것 같다. 현실적인 공약은 드물어 보이고.

나와 여자 성진은 선거를 잘 한다. 거의 전문가라고 해도 과언은 아닐 것이다. 선거를 즐기기도 한다. 짧은 시간 안에 즐기는 숨막히고 벅차는 스포츠와도 같다고 할 수 있다. 여자 성진에게 선거는 스포츠라기보다는 공연에 가깝다.

당분간은 선거를 하지 않으려고 한다. '선거 = 캠페인'인데, 우리 자신을 위해 이 능력을 발휘할 때가 왔기 때문이다.

오늘 글쓰기 주제는 '블로그'로 하려고 했었다. 주제가 선거가 된 것은 어쩜 이번 선거의 영향일 것이다.

선거를 하듯이 우리 자신을 위해 캠페인을 해보고 싶다. 조금은 여유 있게 1년 정도의 시간을 가지고……. 결승점이 확실하진 않지만 나름대로 우리 둘만의 결승점을 설정하고 달려보고 싶다.

우리를 위해 뛰어다니고, 인터넷으로 홍보하고, 사람을 만나도 우리를 위해 만나고, 공연하고, 고민하고…….

사실, 이미 '우리들만의 선거'는 시작되었다. 많은 독자들이 유권자처럼 여자 성진의 책을 '선택'할 것이다. 고객들이 나의 제품을 투표하듯이 '선택'할 것이다.

"선택의 시간! 여자 성진과 남자 성진을 뽑아주세요!" 공약을 한번 써볼까? 진지하게.

여자 성진, 그리고 남자 성진, 이하 SJ라고 칭한다.

1. SJ는 표현과 치유를 주제로 좋은 작품을 선보이겠습니다.

2. SJ는 자기 자신을 사랑하는 방법을 쉽고 재미있게 널리 알리겠습니다.

3. 모범적인 삶으로 제자와 지인들에게 좋은 영향을 주겠습니다.

"SJ를 꼭 뽑아주세요."

ⓒ여자 성진

ep 22. 신념

그녀가, 그의 손에, 생각을 담아주다

나에게는

불타는 신념 같은 건 없다.

그저 신념이 꺼지지 않도록
그 불씨를 겨우겨우 살려가고 있다.

행복해,
내 이야기를 너와 함께 들을 수 있어서

용팔이에 대하여

용팔이

○○○ 지하철역 부근이라며 자기네 학원에서 영어 강사로 근무해 보라는 전화가 왔다. 모르는 사람으로부터. 그 '모르는 사람'이 용팔이였다. 당시 MB 집권 1년차, 광우병 시위가 한창일 때였다. 난 밤마다 일이 끝나면 시위에 참가했었고 어떤 날은 날이 새도록 있다가 새벽에 집에 돌아오기도했다. 집회에 다녀온 날 잡혀 있었던 용팔이와의 면접에 늦고 말았다. 나는 용팔이에게 솔직하게, 광우병 집회에서 밤을 새워서 늦은 거라 이야기했고 그는 내 말에 웃었다.

첫 만남에는 집회에 다녀왔다는 나를 고려해 조심하는 듯했다. 하지만 나중에 그는 미국산 소고기가 더 맛있다고 웃으면서 말했고, 좀 더 겪어보니 우리 민족에 대한 애착이라고는 전혀 없는 듯했다. 나중에 그 학원의 여직원한테 들어보니, 용팔이는 5·18 광주 민주화 항쟁이 폭동이라고 말했었단다. 그 말을 전하는 그녀도 매우 흥분하고 화가 난 듯해 보였다.

내가 뮤지컬을 한다는 걸 알게 된 용팔이는 무척이나 적극적, 열정적으로 뮤지컬 수업을 하자고 제안해왔다. 또 들어오는 수업료 중에서 강사가 가져갈 수 있는 금액의 비율도 예상보다 높게 책정해 주었다.

그 학원에서 나보다 먼저 일하고 있는 강사들 가운데 수강생한테 인기가 많고 아침에 인사할 때 꼭 영어로 인사를 건네는 여자 강사가 있었다. 다른 강사들은 용팔이와의 갈등이 크고 작게 있었던 반면, 그녀는 용팔이와의 관계가 원만해 보였다.

그 학원 수업은 아침 6시 40분에 시작했다. 강사들은 한번씩 지각을 했다. 가장 많이 지각을 한 사람은 나였다. 영어로 아침인사를 건네오던 그 강사가 어느 날 처음으로 지각을 했는데, 교통 사고가 나서 못 온다고 했다. 내가 용팔이에게 그녀가 많이 다쳤느냐고 묻자, 그는 짜증을 내며 "나도 몰라요. 내가 어떻게 알아요!"라며 내게 화를 내며 말했다. 난 뜨끔하고 무안했다.

얼마 후 그녀는 학원에서 제일 적응을 잘한 강사답지않게 그 학원을 그만뒀다. 그만두는 게 결정된 후 용팔이가 웃으면서 그녀의 팔뚝을 잡았는데 그녀는 그 손을 강하게 뿌리쳤다. 그때 본 그녀의 눈에 분노가 가득했다.

용팔이

남자 성진

용팔이를 처음 만난 건 여자 성진이 신수동에 살 때였다. 당시 회사에서 기적의 청소 용품 신규사업 컨설팅 일을 노예처럼 하던 나는 뮤지컬로 돈을 번다는 이야기에 눈이 확 커졌었다. 마음에 드는 일로 직업을 갈아탈 절호의 기회였다.

당시 식품공장에 유행하던 해썹 HACCP 규격에 대해 공부한다고 둘러대고 사장에게 욕을 먹어도 아랑곳하지 않고 지방에 뮤지컬 교육 프로그램까지 갔었다. 우여곡절 끝에 잘 다녀오긴 했지만, 마무리는 배은망덕하게도 강사들에 대한 용팔이의 손해배상 민사소송이었고 우리 두 사람을 포함한 강사들이 끝내 이겨줬다.

용팔이 같은 유형의 사람들을 종종 본 것 같긴 하다.

이야기의 대부분이 타인에 대한 이야기이고 스스로의 이야기는 별로 없는 유형이다. 그들이 보이는 특성은 다음과 같다.

- 돈을 벌기 위해 수단을 안 가리고 사람을 이용하려는 비윤리적인 행동을 한다.
- 자신의 사업에 대한 스스로의 혁신 없이 대기업이나 기술자를 붙여서 성공하려는 기회주의적 행동을 한다.
- 노동의 가치를 모른다.
- 친구가 없다.
- 잘못을 해도 법이 자기 편이라고만 생각하는 망상에 빠져 있다.

지금은 여자 성진도 나도, 용팔이 같은 사람은 만날 일이 없을 것이니 다행이다. 거짓말을 진짜 같이 하면 허언증 환자라고 한다. 비즈니스 세계에서의 공상 허언증 환자는 자신의 자본이 들어가 있는 사업이 아닌데 자신의 사업처럼 생각해서 사람들을 유혹하고 동참하게 만든다.

난 매일 글을 써서 이 유행병에 미리 대처하련다. ^^

ⓒ여자성진

ep 23. 성인

그녀가 그의 손에 생각을 담아주다

홀로 행하면서
게으르지 않는 사람,
비난과 칭찬에도
흔들리지 않는 사람,

소리에 놀라지 않는 연꽃처럼,
남에게 이끌리지 않고
남을 이끄는 사람,

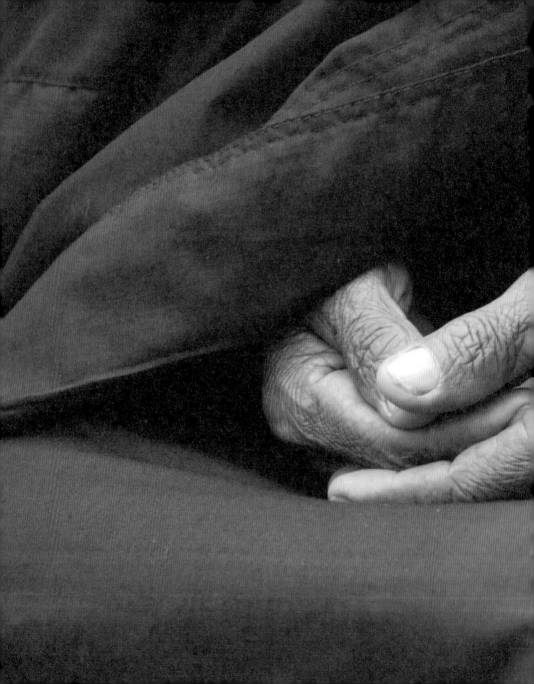

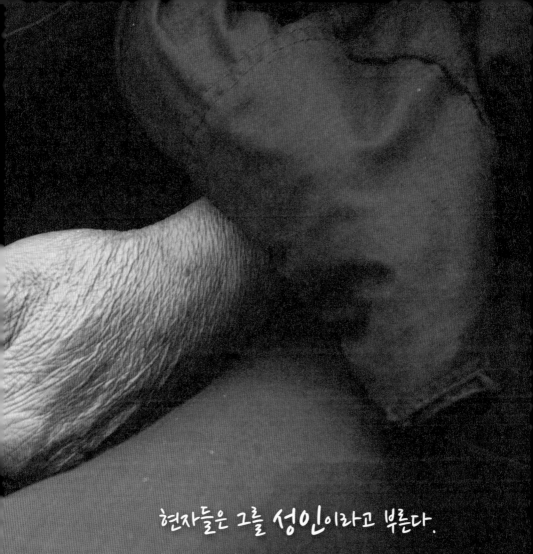

현자들은 그를 성인이라고 부른다.

-부처님 설법, 법정 스님의 〈인도기행〉 중-

네 번째 정거장

책과 글쓰기

ep 24. 자격 그녀가 그의 손에 생각을 담아주다

가끔 글을 쓰면서,
혹은 글을 쓰기 전에 고민한다.
내게 묻는다.

네가 그것에 대해 쓸 자격이 있어?

네가 그 주제에 대해 잘 쓸 수 있는 사람이야?

그리고 대답은 비슷하다.
"내가 거기에 있었다. 내가 보았다.
내가 그것을 가장 잘 쓸 수 있다."

행복해,
내 이야기를 너와 함께 들을 수 있어서

출판에 관해

출판

여자 성진

출판이란게 뭘까? P출판사와 나는 그전에 집회에서 만난 Y교수와의 인연을 통해 만났다. 고깃집에서 Y교수의 북콘서트 후 P출판사와 뒷풀이를 함께 했던 기억이 난다. 좀 이상한 일이지만 그 고깃집에 Y교수는 없었다.

P출판사 (그는 1인 출판사 사장이다) 는 내가 본 두 번째의 책 만드는 사람이었다. 뮤지컬을 가르치거나 연출하면서도 나에게는 글쓰기에 대한 동경과 의무감이 비교적 꾸준히 있었다. 뜻이 통하는 사람에겐 '글을 쓰는 게 뮤지컬하는 것보다 급선무는 아닌가'하는 생각이 든다면서 고민을 토로했었다. 그 뒤 P가 펴낸 다른 저자의 책을 구성, 편집하면서 출판에 대해 알게 됐다.

출판의 기본은 무엇보다 글쓰는 '행위'인데, 글쓰기에 대한 열망은 전국 순례 —이 전국 순례가 어떤 순례인지는 다음에 말할 기회가 있을 것이라고 믿는다— 이후 강렬해졌다. 내가 '내 자신만의 전국 순례'가 필요한 사람이란 것을 알게 된 것이다.

그러니까 진짜 여장을 꾸려서 혼자서 전국을 떠돈다는 뜻이 아니라, 나에게 누군가의 전국 순례만큼 절절하게 하고 싶은 일이 있다고 느낀 것이다.

그 순례 후 허리가 아파 제대로 움직이지도 못하면서 책상 앞에 앉아 글을 써야 한다고 내 안에서 아우성쳤다. 그리고 『글쓰며 사는 삶』이라는 책에서 '10분 쓰기'라는 글쓰기 방식을 배우게 됐다.

그리고, 지금, 연필로 글을 적고 있다.

출판

남자 성진

'책을 내고 싶다.' 사실 오래전 어릴 때부터 내 의식속에 있던 욕망(?)이다.

초등학교 3학년 때였나? 그때 글짓기 대회에서 상을 탄 후부터 시작된 생각일 것이다. 당시 나는 조회 때 이름이 불려 마치 올림픽 선수가 시상대에 뛰어 나가듯이 멋지게 날아올라 정중히 두 손으로 상을 받고 보는 사람도 없는데 상장을 번쩍 들어올려 보이고 내려왔다.

이 상장을 앨범에 넣어서 중학교 때까지는 보관했던 것 같은데 이사하면서 잃어버려 지금은 가지고 있지 않다.(하지만 그 당시 무슨 글을 썼는지는 기억이 나지 않는다.) 난 나중에라도 나의 원고를 돌려줄 거라 생각하고 6학년 때까지 기다렸다. 하지만 선생님은 끝내 돌려주지 않으셨다.

아, 나의 첫 수상 작품이여……!

고등학교 2학년 때 난 국어 천재였다. 수업시간에 발표한 게 선생님 맘에 들어 칭찬 받고, 맨날 국어만 100점 받고, 뭐 그런 스토리다.

그런데 좀 웃긴 기억이 하나 있다. 국어 선생님이 무언가를 나에게 발표시켰을 때에 관한 일이다. 난 그때 좀 멘붕에 빠져 그냥 일어나서 있었다. 무어라 말했는지 기억도 안나고 식은땀이 흘렀는데 아이들 박수 소리와 국어 선생님 미소에 정신차리고 자리에 앉았다. 마치 초능력처럼 내 생각이 주위에 전달되기라도 한 것일까? 아니면 무의식적으로 떠든 것일까? 아니면 아무 말 안 했는데 애들이 짜고 박수를 쳤을까?

나중에 애들한테 물어봤을 때 내가 뭐라 떠들긴 했단다. 그런데 국어 선생님이 박수 치래서 친 것이었단다.

요즘은 여자 성진과 거의 매일 글을 쓴다. 이번에는 꼭 출판을 해보자. 국어 천재가 책을 내지 않는다면 재능이 아깝지 않은가!

그래도 우리 여자 성진의 출판이 우선! 난 컴퓨터로 할 것도 너무 많고 우선 읽기 공부도 해야 한다~!

ⓒ 여자 성진

ep 25. 스마트폰 그녀가 그의 손에 생각을 담아주다

지하철 안.
사람들의 세상은
스마트폰 속에 들어있다.

'하긴 이 안에 없는 게 없으니...'

스마트폰이 생기기 전엔
사람들의 생각이 어디에 있었을까?

행복해,
내 이야기를 너와 함께 들을 수 있어서

'나'에 대해

나

여자 성진

나를 잊어버릴 때가 있다. 무언가에 몰두하여 나를 잃어버리는 때가.

나는 글을 몹시 쓰고 싶어한다. 유명한 모 작가처럼 글을 쓸 수 있다고 믿는다. 특히 소설을 쓰고 싶어하는데 신경숙 작가의 것과 같은 소설을 쓰고 싶다.

나는 여자이다.

나는 거의 항상 누군가를 몹시 사랑하고 동경한다. 그럴 때마다 내 자신이 사라져 버렸음을 또한 안타까워한다.

나는 누군가를 가르친다. 직업으로서 가르친 것은 대학생 때부터였다. 영어강사를 오래 한 편이다. 내 안에 영어가 넘실거리거나 툭 튀어나오기도 한다.

나는 다재다능하다는 평을 듣기도 하지만, 여러 가지에 헌신하느라 나만의 분야를 정하지 못했거나 하나의 분야에 충분히 깊이를 가지지 못한 것 같아 불안할 때도 있다.

나를 사랑하는 것은 의무이다. 그것이 뿌리이고 그 외의 모든 것은 가지이다. 남자 성진은 오늘 '나'라는 주제에 대해서 글을 쓰고 싶어한다.

나탈리 골드버그의 책『글쓰며 사는 삶』을 우리가 지금에 만난 것은 좋은 흐름이었다고 생각한다.

나는 최근 정신이 혼란스럽고 깊은 곳에 빠져 한 발자국도 나가지 못하는 어둠에 들어가기도 했다. 반면 아침에 눈을 뜨면 두근두근 설레기도 한다.

나는 늘 다른 사람에게 친절하기 위해 노력한 반면 나 자신에겐 그다지 친절하지 못했다고 생각한다. 그 부분이 슬프지만 그랬던, 외로웠던 시절이 또 나를 키웠다는 생각도 든다.

나의 글이 모 인터넷 커뮤니티 사이트에 많이 있는데 가져오지 못한 채 그 사이트는 폐쇄되었다. 썼던 글은 엑셀파일로 내려받을 수 있다는 공지를 보았는데, 나는 다시 회원가입을 하지 않았다. 그렇게 내 글을 포기한 것은 고통스러운 시절이 떠올라서 이기도 하고, 그냥 버리고 싶어서 이기도 했지만, 결국은 슬프다.

나는 나에 대해서 더 많이 알아야 하며 더욱 많이 나를 접해야 한다.

나

나는 할 일이 있는데도 딴짓을 할 때가 많다. 어릴 적 들었던 '주의가 산만하다'라는 생활기록부 상의 평가 한 마디가 아직도 상처로 남아 따라다니는 것 같다.

난 주의가 산만하지 않다. 난 호기심이 강하고 모험을 좋아한다. 그 초등학교 선생은 그녀의 알량한 잣대로 어린아이에게 상처를 준 것이다. 어린이에게 상처를 주지 말라! 흥!

아무튼 요즘도 할 일이 있는데 자주 겉으로 도는 것이 주의가 산만하다고 누군가 날 욕하는 거 같아 마음이 아프다. 아니, 짜증 난다.

그런데 돈 버느라 바쁘고 피곤해서 그런 거니까 봐줘야겠다. 난 주의가 산만하지 않다.

난 관찰력이 좋고 사려 깊다. '사려 깊다'

그래, 초등학교 때 생활기록부에 '사려 깊다'란 말도 쓰여 있었던 것 같다. 아, 기억이 명확하지가 않다. 흠… 상상일지도…….

암튼 난 관찰력이 좋고 사려 깊은 성격으로 상담을 꽤 잘한다. 상담을 잘 하는 것은 좋은 대학을 나와도 부모가 돈이 많아도 쉽지 않은 것이다.

나의 상담 능력을 최고의 가치로 만들어볼까? 한번 진지하게 생각해 볼 일이다. 우선 기자라는 직업이 관련이 있는 것 같기도 하고.

모험을 하자!

나의 상담능력, 아니, 관찰력과 사려 깊음이 꽃 피울 수 있는 그것을 찾아서. ^^

난 잘 만든다. 침방울도 잘 만들고 종이접기도 잘한다. 뭐든 흥미가 생기면 고도의 집중력으로 잘 만든다.

만드는 일을 좀 해보자. 책도 만들고 그림도 그리고.

여자 성진을 꼬셔서 한 달간 공부와 연구만 하는 시간을 갖자고 해 볼까? 아니다. 돈도 벌자.

ep 26. 사랑

그녀가 그의 손에 생각을 담아주다

가벼운 사랑으로는

지상에서 구원은 없다.

- 뮤지컬 아마데우스 -

행복해,
내 이야기를 너와 함께 들을 수 있어서

책에 대해

책

여자 성진

책은 좋은 물건이다.

반면 책은 나쁜 물건이다.

책이 나한테 짐이 될 때는 나쁜 물건이다. 예를 들어, 우리집에 있던 언니의 전공 서적들. 조선시대 서화의 연구(?), 뭐 그런 책들은 내게 답답한 느낌을 주었다. 대학시절 교양과목 수강으로 역사공부를 해야 했을 때 위의 저런 어려운 책은 내게 뭔가 막히는 느낌을 주기도 했다. 일본의 유명작가인 무라카미 하루키 등의 소설은 집에 있지만 재미가 없다. (이 글을 쓴 뒤로 나는 독서 모임에서 무라카미 하루키의 책을 추천받아 읽게 되었다. 재밌었다!)

좋은 물건일 때는 책을 읽고 무기력이 사라지거나 풀리고 의욕이 다시 느껴질 때이다. 그럴 땐 책을 더 많이 읽어야겠구나, 싶어진다. 부모님 손 잡고 서점에 가서 내가 읽고 싶은 책을 골라 사기보다는 선천적으로(?) 손위 형제들의 책이 집에 늘 많았기에, '안 그래도 집에 책이 많다'는 분위기에 더 사기 힘들고 꺼려지는 상태로 간 것 같다.

지금의 나는 친한 사람들에게 읽은 책들을 이것저것 스크래핑 식으로 이야기해 줄 만큼 변화했다.

그러니까 난 번호 붙여 진행하는 교과서에 질린 것 같다. 이야기 식의 책, 사람의 말로 진행이 되는 강연 같은 책이라면 어렵지 않게 읽을 수 있다.

나는 '막내'라는 이름으로 향유한 것도 많지만, 또 한 편으로는 나이 차이가 많이 나는 형제들 틈바구니에서 어린이답거나 나다운 것들을 누릴 기회를 많이 갖지 못하기도 했다. 그래서 나는 "하도 어른스러워서 첫째인 줄 알았다"는 말을 많이 들었다

책

남자 성진

여섯 살 무렵 내 별명은 '백과사전'이었다.

두꺼운 표지의 풀컬러 백과사전, 어린이 성서, 그리스 신화 이 세 권의 책을 읽으며 나의 유년시절을 불태웠다.

이 위대한 책들은 심심한 나의 어린 영혼에 내가 사는 지구의 모습과 그 너머 우주의 세계를 탐험하게 해주는 특급 열차였으며 심지어는 신과 악마가 존재하는 신화의 영역까지 데려다 주었던 최고의 친구였다.

어느 날, 학교도 가기 전인 내가 그리스 신화를 달달 외우고 있는 것을 본 친척 누나들은 깜짝 놀라 엄마에게 막내 아들이 천재라고 말했다. 하지만 초등학교 들어가서부터는 학교친구들과 친해지고 소중했던 그 세 권의 친구는 멀어지고 말았다.

그래도 고등학생 때까지 학급 문고는 늘 나의 서재였고 공부보다 책 읽기를 더 좋아했다. '교과서도 책은 책인데 왜 이리 읽기가 싫은가?' 하는 심각한 고찰도 했었다.

그러고 나서 서른 살까지는 다른 책하고는 담을 쌓고 오로지 삼국지와 무협지만 서른 번도 넘게 봤다. 그래도 확실한 건 난 만화보다 게임보다 책을 더 좋아한다는 것이다. 요즈음은 먹고 사는 일이 IT이다 보니 사서 보는 책도 IT 기술에 관련된 책이 거의 전부이다.

오래전 감명 깊게 읽은 책은 『반지의 제왕』을 쓴 J.R.R 톨킨의 『실마릴리온』이다. 거의 성서책 두께에 창세기부터 인류사까지 장대한 판타지 세상의 이야기인 이 책은 전혀 드라마틱하지 않은 딱딱한 역사서 같은 책이었다. 처음 읽기에는 너무나 힘들었고 몇 번을 읽다 덮다를 반복했었다.

하지만 어릴 적 세 권의 친구들이 보고 싶었던 것일까? 난 점점 작가가 만들어 놓은 세계에 빠져들었고 결국 완독하고도 수십 번은 더 보고 말았다.

나도 한번 내 안의 상상력을 밖으로 꺼내 재미있는 이야기꾼처럼 사람들에게 들려줘 볼까?

ep 27. 자기애
그녀가 그의 손에 생각을 담아주다

내 자신을 보물처럼
사랑하는 것이

진정 강해지는 길이다

-줄리아 카메론, Artist's way-

Trust Yourself!

행복해,
내 이야기를 너와 함께 들을 수 있어서

커피에 관해

커피

오늘 나와 남자 성진은 커피숍에 올지 말지 조금 고민했다. 출판을 앞둔 덕에 우리 둘은 오랜만에 함께 글을 쓴다. 커피. 하루에 한 번 커피숍을 온다면 월 30만원인데, 모든 걸 돈으로만 계산하면 사는 게 재미없겠지?

커피숍이 주는 게 많다. 남자 성진의 말처럼 이곳에 오면 일에서 손을 떼게 만들어준다. 그리고 채광. 지하 작업실은 (나는 이 글을 쓰는 시점에서 약 한달 전쯤 이사를 했다) 저렴한 월세에 넓은 공간, 그런 점은 좋지만 그래도 빛이 조금만 들어와서 늘 아쉽다.

새 작업실 근처 좋은 카페를 찾은 듯하다. 2층 자리에 앉을 수 있고 창문 밖으로 흔들리는 게 뭔지 보니 접혀진 흰색 차양이 널어놓은 빨래처럼 팔랑거린다. 가정집을 개조했는지 작은 방이 네 개 있고, 지금 이 방에 우리 둘만 있어서 좋다.

어제 남자 성진과 함께 지방에 다녀와 쌓인 여독을 커피와 음악과 시간의 여유로 푼다.

커피에 대해 쓰기로 했는데, '커피숍'에 대한 글이 되고 말았다. 나에게 커피는 음료일 뿐만 아니라, 커피를 마시는 공간과 그곳에서의 생각과 기분이 더 중요하다.

이 공간이 누군가, 어떤 사람들이 생활하던 주택이었다고 생각하니 타인의 집에 들어온 듯 기분이 묘해진다. 갑자기.

아이유의 노래가 흐른다. 요즘엔 〈벚꽃엔딩〉의 장범준의 음악도 다 시 듣게 된다. 원래는 가요가 감정에 자극을 많이 줘서 클래식 음악 위주로만 음악을 들었는데, 요즘 가요를 듣는 걸 보니, 이제, 나도 생각이 바뀌어 가나 보다. 나도 그들처럼 대중예술을 하게 된 시점인 것 같다. 아프고 감사하고 떨리는 시간이다.

커피

남자 성진

예전에는, 서른 살 이전까지는 커피 맛을 잘 몰랐던 것 같다. 그냥 사람 만나면 마시는 달달한 차 한잔 정도로 생각하고 살았다. 늘 내가 시켰던 커피는 "아이스 아메리카노, 시럽 한 번"이었다. 커피를 마시는 것이 어떤 의미로 다가오는 게 낯설기도 하고 괜히 멋쩍기도 하다.

그런데 커피에 대한 요즘의 느낌은 좀 다르다. 사실 술과 관련이 있는데 서른 살 즈음의 나는 지독한 애주가였다. 술과 고기는 가난하고 바쁘고 지친 나에게 없어서는 안 될 활력소였고, 아침의 숙취는 일상과도 같았다.

삼십대 후반이 된 지금 나는 거의 술을 먹지 않는다. 이유는 무언가를 창작하고 싶다는 생각을 하게 된 이후부터 몸도 마음도 바빠지고 월급쟁이와는 다른 수입 패턴 때문에 술값이 전보다는 조금 더 부담스럽기도 했기 때문이다.

술을 거의 안 먹게 된 요즘, 커피 한 잔을 마시면 정말 기분이 좋아진다. 기분 전환과 피로 해소가 되는 한 잔의 음료. 쓴맛과 단맛이 공존하는 특유의 매력. 시원하게도 따뜻하게도 마시는 가까운 음료.

커피숍에서 보내는 시간도 일하는 것처럼 느껴지던 시절에도 커피의 이런 맛을 알았더라면 조금은 더 여유 있게 살았을 텐데….

좋은 사람과 마시는 커피 한 잔과 대화. 이것은 여성들만의 것도 남성적이지 못한 것도 아니고, 시간 낭비, 돈 낭비도 아니다. 자연이 준 커피라는 행복한 선물. 커피의 맛과 효능을 느낀다면,

"알코올과 조금 덜 친해져도 괜찮습니다."

ⓒ여자성진

알았던 사람의
몰랐던 이야기

초판 1쇄 발행일 2016년 7월 20일

지은이 김성진
펴낸이 박영희
책임편집 김영림
디자인 박희경
마케팅 임자연
인쇄·제본 AP프린팅
펴낸곳 도서출판 어문학사
　　　　서울특별시 도봉구 쌍문동 523−21 나너울 카운티 1층
　　　　대표전화: 02-998-0094 / 편집부1: 02-998-2267, 편집부2: 02-998-2269
　　　　홈페이지: www.amhbook.com
　　　　트위터: @with_amhbook
　　　　페이스북: https://www.facebook.com/amhbook
　　　　블로그: 네이버 http://blog.naver.com/amhbook
　　　　다음 http://blog.daum.net/amhbook
　　　　e−mail: am@amhbook.com
　　　　등록: 2004년 4월 6일 제7−276호

ISBN 978-89-6184-413-0 03810
정가 18,000원

이 도서의 국립중앙도서관 출판예정도서목록(CIP)은 e-CIP홈페이지(http://www.nl.go.kr/ecip)와
국가자료공동목록시스템(http://www.nl.go.kr/kolisnet)에서 이용하실 수 있습니다.
(CIP제어번호: CIP 2016016069)